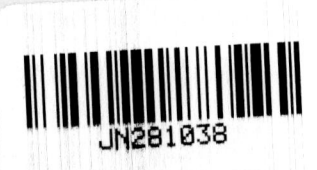

雲と一緒に流れた言葉

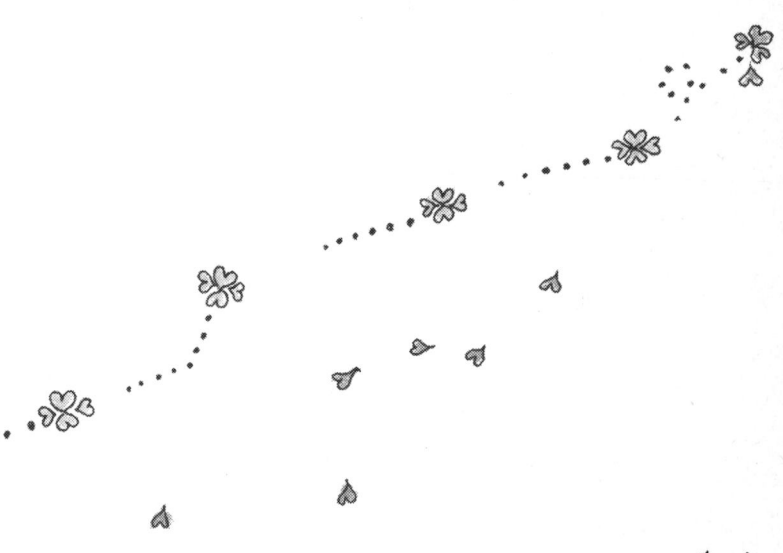

水町《みずまち》 無月《むつき》

文芸社

感情の嵐の上の青い空

知らないのね　生きる苦しみという　楽しさ

ありの行列を見つめるあたし
人ごみに行列をつくる私をみているだれか

きらわれてもいい程に　執着した心がからみつく

きっぱりと言ってね　最後くらい

たしかめたくて　ちょっとしたウソ

何を言われても　揺れない心

ゆずれない。あなたへの思いじゃないよ　私の気持ち。

いつかウソになるかもしれないけど言ってしまう言葉
「ずっとスキだよ」

くだらないのは君じゃなく　君をとりまく　君のいる場所。

うつむいて歩いても　１０円拾う希望ってあるよね

大事なものから壊れる　大切にしすぎるからかな

二人でいる深くて暗い海の底のような部屋でした。

手に入らないって　言ってるけど　それはどこかで
手に入らないって決めてるからかもね

イワシのトマト煮のように
違う場所で生きて育ってきたのに
今は同じなべの中

さよならを言いだしたのは私。
言わせたのは君。

私の涙
　　一粒も残さず吸いとってくれた君。

あなたを思う以上に私を思うあの男の子が
私のことをあっと言う間にさらっていった。

本当に別れたくないなら　取り返しに来るはず

どんなことも　こんなことも
生きてくことにかかわってくんだもの
しょうがないし　たいしたことないよ
きっと

今は必要ないかもしれないけど　いつか必要になる　私

大切なものは自分　大切な自分が愛されること

トントンビョウシには　いかないわ

死ぬのは恐くないけど　死ぬまでが恐い

赤い実を食べた女の心　したたり落ちる滴。

まだ　かけらほどでも
愛ってものがあるから　救われるよね

君もみんなの宝物だよ。泣かないで　大切な君。

限りあるものを　ほしがるから
枯れはてた心を紡いでいくんだよ
重ねるときを　見つめる宙の月
ああ　神様と呼ばれる神様。
ぼくらは今を生きていて
ぼくらは今を食べている
今がずっと続くようにと　君のところへ　走っていく
限りあるものは　ここだけではなく
咲いた心には　無限の水をそそいでいく
重ねるときを見つめる　宙の月

今　ぼくは　まっすぐに　君のところへ　走っていく

すべてのことが
いつか　終わってしまうなら
少し許せるような気がする
長い長い道のりだけど
苦しんだ私も　苦しめた何かも
やはり事は　終わりに向かっていて
いつまでも　すいこまれるような
暗くとじこめられた　この思いまでもが
やがて静かに終わる日がくるのだから
少し許せるような気がする

絶望の闇の中で
ぱしっとほほをうち
いさぎよく　明日を迎えよう

約束の中には　捨てた約束もあって
今また捨てられそうな約束をする。
それでも約束。

空に真っすぐ続きそうな　坂道

坂の上には何かあるのだろう。幼い日の私。

モラルとルールの中にある幸せを　笑顔で流す。

傾く心は羽ばたいて空になり逝く日がくるのだろうか

強い風の中で泣きつづけた

咲くように笑っていた君の顔

同じ景色も　同じ物も　同じ人物を　同じ絵を
同じ映画を観ているのに
違うものをたがいに見ていた私達

笑おうよ。食べようよ。話そうよ。
テーブルはひとつだよ。

呼吸する為には　あなたが必要《いる》の

流される心を楽しみながら　流される

夕暮れの月の見える日
僕はいそぎ足に今日を終える
何にいそがしくしていたのだろう
何にいそがされているのだろう
あいつに　君に　仕事に
自分に　追いつけるのだろうか
君を幸せにできる自分に追いつきたい日々

ぱしっと言ってね。伝えてね。

君の手を握りしめながら
僕は彼女のことを想っていた

「ローマの休日」観ながら食べたよね
ハンバーグ弁当

「ずっと　ずっと　好きだよ」って　言った言葉は　宙の中

1歩ふみだすことも　1歩さがることも
できないままの恋でした。

夕日がキレイだよ　と　ケイタイが鳴る
見上げる空　オレンジの河

わかりかけた時　わからなくなったと言った君

わかってほしいと思っても言葉にはしない。
わかってほしいから。

ぽつり　ぽつりと　冷たい雨。
ぽつり　ぽつりと　冷たい言葉。

よくある　景色の　ひとつのように
よくある別れだった

ヒエタヒエタ　水を　ノミホスヨウニ　言うことにした

晴れているのに　降っている雨が
キラキラ　サラサラと　心に降る

遠くなる　記憶の宙に　手をかけて　なでる髪

真昼の月　ふっとため息　地球《ほし》は今日もまわる

どういう風に生きていくのか見ていたい。

ころころと　笑っていられるのも　今のうち。

暗い路上で光っていたのは　たったひとつの月

桜坂って　何もないとこなんだって
でも恋した気分。

ふりかえりもせず　行ってしまうような人でした。

「別れたくなかったんだ」
だから「うん」と言えなかった。

月を追うのか　追われているのか
ここは中央フリーウェイ

あんなに悲しんで、つらくって
しょうがなかった人なのに
もう一度　並んで　歩いて　話してみたら
いがいにつまらない大人《ひと》になっていた。

歩道橋から　おっことして
ひかれて　ぺちゃんこになって
みるも無残な恋でした。

今だから　堕ちた恋。

いつまでも　いつまでも　手をふらないで
そんなに強くないんだよ

きみが好き。

君が見ている　空の中
きみはなにを
きみはなにを
そこになにをみているの

こっちの彼女のことを
思ってるとき
あっちの彼女のことなんて
これっぽっちも思ってないよ
ホントだよ。ホントだよ。
今、このかけがえのないこの瞬間を
僕は！僕は！君だけのこと
考えてるんだ。

ぼくにウソは・・・ない。

「またね」
って感じで
「さようなら」

お金はいります。はっきりいって。

別れの事実を受け止められず
ちゃかしたままで　別れてしまいました。
今ではちゃかしたまま別れたことで
つきあっていたことまでも、ちゃかしていたようだ。

屈折したところから
キラキラの七色のひかり
曲がらないと
出会えなかった　かがやき

折れてみないと見つけられない

もしも、まったく知らない人に
君が運悪く殺されたりしたら
ぼくは、そいつを殺したいくらい
にくむよなぁ。

でも、死んでおわびはおかしいよなぁ
だって、おばあちゃんが死んだとき
かあさんは僕にこういった。
「おばあちゃんは神様に帰っておいでっていわれたのよ」

死んでもらっちゃー楽すぎる。
君がいなくなる　僕の孤独の闇の中に
生きて暮らしてもらいたい

誰とも話せず音も無い光もない闇の中で
命つきるまで閉じ込めてやりたいよ

もしもは、もしもじゃない人もいる。

１００冊以上の本。
１００ページ以上の中。
心にしみるたった一行。

著者プロフィール
水町 無月（みずまち むつき）
三重県桑名市育ち。
現在、愛知県名古屋市在住。

雲と一緒に流れた言葉

2002年7月15日　初版第1刷発行

著　者　水町 無月
発行者　瓜谷 綱延
発行所　株式会社文芸社
〒160-0022　東京都新宿区新宿1－10－1
電話03-5369-3060（編集）
03-5369-2299（販売）
振替00190-8-728265

印刷所　株式会社平河工業社

ISBN4-8355-4108-1 C0092